Dieses Buch gehört:

....

....

In der Serie *Detektivbüro LasseMaja*
von Martin Widmark sind bei Ueberreuter erschienen:

Das Schulgeheimnis
Das Mumiengeheimnis
Das Diamantengeheimnis
Das Tiergeheimnis
Das Cafégeheimnis
Das Zirkusgeheimnis
Das Zeitungsgeheimnis
Das Campinggeheimnis
Das Kinogeheimnis
Das Goldgeheimnis
Das Fußballgeheimnis
Das Bibliotheksgeheimnis
Das Galoppgeheimnis
Das Eisenbahngeheimnis
Das Liebesgeheimnis
Das Safrangeheimnis
Das Krankenhausgeheimnis
Das Kirchengeheimnis
Das Hotelgeheimnis
Das Geburtstagsgeheimnis
Das Schwimmbadgeheimnis
Das Fahrradgeheimnis
Das Feuerwehrgeheimnis
Das Gefängnisgeheimnis
Das Katzengeheimnis

2. Auflage 2019

ISBN 978-3-7641-5139-3

Die Originalausgabe erschien unter dem Titel *LasseMajas Sommarlovsbok*
bei Bonnier Carlsen Bokförlag, Stockholm, Schweden

Aus dem Schwedischen von Maike Dörries
Published in the German language by arrangement with Bonnier Rights,
Stockholm, Sweden.

Umschlag- und Innenillustrationen: Helena Willis
Druck und Bindung: Finidr, s. r. o., Český Těšín
Gedruckt auf Papier aus geprüfter nachhaltiger Forstwirtschaft.

www.ueberreuter.de

Detektivbüro LasseMaja

Das Feriengeheimnis

Text: Martin Widmark
Illustrationen: Helena Willis

Aus dem Schwedischen
von Maike Dörries

Mit vielen Mitmachseiten!

ueberreuter

Museumsstraße
Museum
Schulstraße
VALLEBY Schule
Schulgasse
KIOSK
Kirchstraße
Sporthalle Valleby
TAXI
Post
Wurst

Hafen
Benzin
Valleby Bibliothek
4
6
Hafenstraße
Hotel
SUPER MARKT
Angebot
Markt-
platz
RIO-KINO
Hallenbad

vatteby Bahnhof
AFEN
Benzin
traße
Bahnhofstraße
Kaufmannsstraße
Hotel
SUPER ★ MARKT
S ★ M
Angebot
BANK
ZOO
Hallenbad
Hospitalstraße
Kaufmannsstraße

Baumarkt Valleby
VALLEBY
Gefängnis
VG
Gittergasse
1915
Stadttheater
Theaterstraße
Agaton Schnipp
Theaterstraße
30
Querstraße
Feuerwache
OPTIKER
20
POLIZEI
ufmannsstraße
Kaufmannsstraße

Hallo!
Willkommen in unserem Detektivbüro! Wir haben ein paar spaßige Dinge zum Lesen und Rätseln für den Sommer zusammengetragen. Zum Beispiel eine neue Geschichte aus unserer Detektivarbeit. Und jede Menge Mitmachseiten und knifflige Aufgaben. Seht selbst!

Wegweiser durchs Buch

Was ist das?

Warte, Lasse! Was ist das?
Wo gibt es Tage, aber keine Nächte?
Hmm … keine Ahnung.
Aber weißt du, wer beim Baden niemals nasse Haare kriegt?

Zu knifflig?

Kannst du die Rätsel auch nicht lösen? Die richtigen Antworten findest du auf Seite 94!

Detektiv-Quiz in der Schule

Es ist der letzte Schultag vor den Sommerferien.

»Wenn ich um Ruhe bitten darf«, ruft die Schulleiterin Gun den Schülern zu, die sich in der Aula versammelt haben. »Jetzt kommt das angekündigte Detektiv-Quiz.«

Lasse und Maja sitzen neben ihrer Freundin Miranda.

Auf der Bühne neben Gun stehen drei

Personen, die allen Kindern wohlbekannt sind.

»Da bin ich ja mal gespannt«, flüstert Lasse.

»Ich auch. Barbro Palm, der Polizeiinspektor und der Pastor, eine interessante Mischung«, sagt Maja.

»Was die wohl hier wollen«, meint Miranda.

Als endlich Ruhe eingekehrt ist, ergreift Gun wieder das Wort.

»Wir haben heute drei bekannte Vallebyer

an unserer Schule zu Besuch: Barbro Palm, den Polizeiinspektor und unseren Pastor.«

Gun zeigt mit einer schwungvollen Handbewegung auf die geladenen Gäste. Die Schüler in der Aula applaudieren.

Barbro lacht breit, der Polizeiinspektor legt die Hand zu einem militärischen Gruß an die Stirn und der Pastor schüttelt die Fäuste über dem Kopf, als hätte er einen Boxkampf gewonnen.

Lasse und Maja winken dem Polizeiinspektor zu, der mit einem Zwinkern antwortet. Er sieht nervös aus. Gun bittet erneut um Ruhe und wartet, bis es wieder still ist in der Aula.

»Die drei wollen uns erzählen, wie es früher war, als sie so jung waren wie ihr.«

Der Pastor steckt einen Daumen in den Mund und tut so, als würde er daran saugen. Alle Schüler lachen.

»Und dann erfahren wir vielleicht, wie sie zu ihren Berufen gekommen sind. Barbro Palm ist, wie ihr alle wisst, die Leiterin des Museums. Der Polizeiinspektor bringt Verbrecher hinter Schloss und Riegel und der Pastor … also, der Pastor …«

Die Direktorin der Vallebyer Schule zögert eine Weile, bis ihr einfällt, was der Pastor macht.

»Und der Pastor liebt alle seine Nächsten!«

Der Pastor reckt sich und schaut feierlich in die Runde.

»Und …«, fährt die Schulleiterin Gun fort. »Um das Ganze ein wenig spannender zu machen, habe ich den Pastor, Barbro und den Polizeiinspektor um etwas gebeten.«

Lasse sieht Maja und Miranda fragend an, die unwissend den Kopf schütteln.

»Und zwar habe ich sie aufgefordert, in ihre Erzählung über sich eine kleine Unwahrheit oder einen Fehler einzubauen«, sagt Gun.

Ein aufgeregtes Raunen geht durch die Aula.

»Und ihr, liebe Schüler, sollt herausfinden, was an den Geschichten nicht stimmt! Also hört aufmerksam zu! Wie richtige Detektive! Habt ihr verstanden?«

»Ja«, schallt es der Direktorin aus dem Publikum entgegen.

»Haben unsere Gäste auch verstanden, was ihre Aufgabe ist?«

»Ja«, antwortet der Polizeiinspektor kurz und bündig mit der Hand an der Stirn.

»Ja!«, ruft der Pastor. »Ich soll lügen!«

»Und Sie, Barbro?«, fragt Gun.

Die Museumsleiterin Barbro Palm schnauft laut.

»Witzige Idee«, flüstert Miranda Lasse und Maja zu, die zustimmend nicken.

Lasse zieht seinen Notizblock aus der Gesäßtasche.

»Also dann«, sagt die Schuldirektorin und wendet sich an ihre drei Gäste. »Wer möchte beginnen?«

Der Pastor reißt den Arm über den Kopf und ruft laut: »Ich!«

Die Geschichte des Pastors

Der Pastor tritt ans Mikrofon und winkt den Schülern in der Aula fröhlich zu.

»Zuerst einmal möchte ich mich für die Einladung bedanken und dass ich bei euch erzählen darf, was ich will. Das ist mindestens so nett, wie von der Kanzel zu predigen«, sagt er.

Lasse, Maja und Miranda können sich das Lachen nicht verkneifen, als sie ihren wuseligen Pastor reden hören. Er ist wirklich ein netter Kerl, aber hin und wieder ganz schön verrückt.

»Als ich jung war, gab es noch keine Computer«, erzählt der Pastor. »Was wir Kinder natürlich sehr bedauerlich fanden. Keine Computerspiele, keine lustige Chatterei. Ach, wie wir uns danach gesehnt haben.«

Lasse hält die Hand vor den Mund, um sein breites Grinsen zu verbergen.

»Mein erstes Bett war eine Krippe, ihr wisst schon, so eine, in die das Jesuskind Weihnachten gelegt wird. Bereits da wusste ich, dass ich Pastor werden will. Mein Vater hatte die Krippe selbst gebaut. Er war Zimmermann, genau wie Jesus' Vater Josef.«

Der Pastor schaut zufrieden von der

Bühne und nickt ein paarmal, ehe er fortfährt.

»Als ich zu groß für die Krippe wurde, setzten meine Eltern mich vor einen Radioapparat. Das hat mir gut gefallen. Ich habe mir alles angehört, was gesendet wurde. Selbst nach Sendeschluss hab ich noch weiter zugehört. Ihr glaubt gar nicht, wie schön so ein Radio knistert und rauscht. Ach, ich hatte wirklich eine glückliche Kindheit.

Eines Tages brachte mein Vater einen Tor-

nister mit nach Hause«, berichtet der Pastor weiter. »›Bitte schön‹, sagte er zu mir, ›dieser Schulranzen ist für dich, weil du ab jetzt in die Schule gehen wirst. Dort lernst du alles über die Blumen und die Vögel auf den Wiesen. Und du wirst Freunde finden‹, sagte mein Vater. Und tatsächlich habe ich in der Schule Roland Svensson kennengelernt, unseren Küster von Valleby. Er wurde mein bester Freund.«

Der Pastor schaut nachdenklich an die Decke, ehe er weitererzählt.

»Von unserer Lehrerin in der Grundschule habe ich alles Lebenswichtige gelernt. Als wir die

Dinosaurier durchgenommen haben, hatte ich schlaflose Nächte, so fasziniert war ich von ihnen. Wusstet ihr, dass alle Dinosaurier vor 65 Millionen Jahren ausgestorben sind? Stellt euch das mal vor! Da stirbt einfach eine Horde riesiger, schwergewichtiger Tiere aus. Ich hoffe nur, dass irgendjemand ein paar schöne Todesanzeigen in der Zeitung für sie verfasst hat, das hätten die faszinierenden Dinosaurier wirklich verdient.«

Maja sieht Lasse an, der sich Notizen macht, dass der Stift glüht.

»Nach den Dinosauriern wurde Jesus geboren. Unsere Lehrerin hat uns auch alles über ihn erzählt. Jesus hat unendlich viele Menschen kennengelernt und hat alle geliebt. Einmal hat er sogar ein totes Mädchen zum Leben erweckt. Stellt euch das vor! Wenn das nicht nett war.

Nur einmal ist Jesus richtig zornig geworden«, sagt der Pastor und hebt die Stimme. »Als er nämlich einen Wikinger getroffen hat. Auf den war er wütend, weil der Wikinger nichts anderes als Prügeleien im Kopf hatte. ›Geh nach Hause und hör auf, dich mit anderen Menschen zu prügeln‹, sagte Jesus zu ihm. Da hat sich der Wikinger ordentlich geschämt und ist nach Hause gerudert.«

Die Direktorin schaut auf die Uhr. Sie wedelt mit der Hand, um dem Pastor zu signalisieren, dass er zum Ende kommen soll.

Der Pastor tut so, als bekäme er nichts mit, weil er so gerne weitererzählen möchte.

»Nach meiner Schulzeit wuchs mir ein Bart. Anfangs gefiel mir das gut, bis es zu jucken anfing. Da habe ich ihn abrasiert. Danach hatte ich mehr Glück als Verstand.«

Der Pastor streckt einen Finger in die Luft, damit alle genau zuhören. Es ist so still in der Aula, dass man die Fliegen an der Wand husten hört.

»Der frühere Pastor von Valleby hat sich an einem Pflaumenkern verschluckt und die Stimme verloren! Seine Stelle wurde frei, und ich bin sofort in die Kirche gelaufen und auf die Kanzel gestiegen, von der der vorige Pastor immer gepredigt hat. Seitdem bin ich Pastor von Valleby.«

Es sieht aus, als wollte der Pastor noch mehr aus seinem Leben erzählen, aber da klatscht Gun laut in die Hände.

Sekunden später klatschen alle Schüler in der Aula.

Der Pastor macht eine tiefe Verbeugung und knallt mit der Stirn auf das Rednerpult. Aber trotz der dicken Beule sieht er glücklich aus.

Die Schuldirektorin tritt ans Mikrofon.

»Und, Kinder, wem von euch ist etwas Merkwürdiges in der Geschichte des Pastors aufgefallen?«

Alle Schüler melden sich. Gun zeigt auf ein Mädchen.

»Ich glaube, es ist falsch, dass der Pastor und seine Freunde sich Computer gewünscht haben, bevor sie erfunden wurden.«

Der Pastor schüttelt heftig den Kopf.

Gun zeigt auf einen Jungen in der Aula.

»Ich glaube, es gab noch kein Radio, als der Pastor ein Kind war.«

»Doch, gab es!«, jubelt der Pastor. »So alt bin ich auch wieder nicht.«

Gun nimmt Lasse dran, der auf seinen Notizblock schaut.

»Der Fehler ist, dass es zur Zeit der Dinosaurier noch keine Zeitungen gab. Also konnte man auch keine Traueranzeigen schreiben.«

Der Pastor freut sich wie ein Kind, als er Lasses falsche Antwort hört. Er kann vor Aufregung kaum stillstehen.

»Ich hab nicht behauptet, dass es zu Lebzeiten der Dinosaurier Zeitungen gab, nur, dass ich ihnen wünsche, dass jemand einen hübschen Nachruf geschrieben hat, irgendwann später, nachdem die Zeitung erfunden worden war.«

»Also 65 Millionen Jahre später?«, hakt Lasse nach und der Pastor nickt.

Lasse schüttelt lachend den Kopf.

Die Schuldirektorin sieht die Schüler an, aber es meldet sich niemand mehr.

»Noch eine Vermutung?«

Die Schüler schütteln die Köpfe.

»Dann darf ich den Pastor bitten, uns zu beichten, welchen Fehler er in seine Rede eingebaut hat.«

Der Pastor zögert die Antwort hinaus, um die Spannung zu steigern.

»Ich habe gesagt, dass …«

Und? Hast du erraten, was an der chaotischen Geschichte des Pastors nicht stimmt?

Dreh das Buch auf den Kopf und schau dir seine Antwort an!

»Ich habe gesagt, dass Jesus einen Wikinger getroffen hat«, jubelt der Pastor. »Aber die Wikinger haben erst tausend Jahre nach Christus gelebt.«

Gun klatscht wieder in die Hände und alle Anwesenden in der Aula sind begeistert, wie geschickt der Pastor seine kleine Lüge in die Geschichte eingebaut hat.

»Wenn ich dann die Museumsleiterin Barbro Palm ans Rednerpult bitten darf«, sagt die Schuldirektorin.

Barbro erhebt sich von ihrem Platz und zupft ihr Kleid zurecht.

Barbros Geschichte

Die Schüler klatschen, als die Museumschefin sich zum Mikrofon vorbeugt.

»Denkt dran, aufmerksam zuzuhören«, sagt die Direktorin, »damit ihr den Fehler in Barbros Geschichte nicht verpasst.«

Lasse schlägt ein leeres Blatt in seinem Notizblock auf, während Barbro probehalber an das Mikrofon klopft.

»Als ich klein war, habe ich ein Pferd von meinen Eltern geschenkt bekommen. Furchtbar, das Vieh war ein Albtraum! Brrr! Als ich seinen Schweif flechten wollte, hat es nach mir ausgetreten. Und beim Versuch, seine Zähne zu putzen, weil es schrecklichen Mundgeruch hatte, hat es nach mir geschnappt! Ich konnte das Pferd nicht ausstehen! ›Nehmt es zurück!‹, habe ich geschrien, bis ich blau im Gesicht war.«

Die Schüler in der Aula schauen Barbro mit großen Augen an. Die Museumsleiterin zittert vor Empörung, als sie daran denkt, was sie als Kind durchgemacht hat.

»Da haben mir meine Eltern ein Fahrrad geschenkt. Im ersten Moment hab ich mich gefreut, weil das Rad super aussah. Aber dann habe ich die Klingel ausprobiert! Ihr könnt euch nicht vorstellen, was das für ein grauenvoller Klang war.«

Barbro schüttelt sich bei der Erinnerung.

»Trotz der fürchterlichen Klingel habe ich mich auf das Rad gesetzt, aber es schlingerte und machte

überhaupt keinen Spaß, darauf zu fahren. Also bin ich abgestiegen und habe meinen Eltern gesagt, dass sie es wieder zurückbringen können. Dann hab ich die Luft angehalten, bis ich ganz blau im Gesicht war.«

»Barbro scheint ein ziemlich schwieriges Kind gewesen zu sein«, flüstert Maja Lasse ins Ohr.

Lasse nickt und macht weiter Notizen.

»Nach den kläglichen Versuchen mit dem Pferd und dem Fahrrad probierten meine Eltern es mit einem Fußball. Ein Fußball! Ich konnte es nicht fassen und verpasste dem Ball einen wütenden Tritt. Er prallte mir mit voller Wucht gegen die Nase, die sofort zu bluten anfing. ›Nehmt das blöde Ding zurück!‹, schrie ich, bis ich wieder ganz blau im Gesicht war. Kinder, Kinder, ich kann euch sagen – ich hatte eine furchtbare Kindheit.«

Barbro Palm zieht ein Taschentuch aus der Handtasche und tupft sich die Augenwinkel.

Der Polizeiinspektor eilt herbei und klopft ihr tröstend auf die Schulter. Der Pastor verdrückt ebenfalls ein paar Tränen.

Barbro schnäuzt sich geräuschvoll.

»Aber dann, eines Tages, kam die große Wende. Der Schwager meines Vaters hatte ein Baby bekommen, und wir waren ins Krankenhaus gefahren, um uns das Baby anzuschauen. Wir mussten lange warten, ehe wir zu ihnen reinkonnten.

Und dort, im Wartezimmer, gab es eine Schachtel mit Wachsmalstiften und leere Blätter, auf denen die Kinder malen konnten. ›Möchtest du was malen?‹, fragte mich

meine Mutter. Im ersten Moment wollte ich schon wieder schreien, bis ich blau werde, aber dann nahm ich einen roten Stift und malte einen Strich auf ein Blatt Papier. Danach nahm ich einen blauen Stift und malte weiter. Von da an war ich nicht mehr zu bremsen. Ich malte wie besessen. Als wir endlich zu dem neuen Baby reindurften, weigerte ich mich, aufzustehen. Meine Eltern sind ohne mich gegangen, während ich weitergemalt habe.«

Barbro Palm verstummt unvermittelt und Gun sieht sie fragend an.

»Sind Sie fertig?«

Barbro nickt entschieden.

»Aha …«, sagt die Schuldirektorin etwas verunsichert. »Sehr … interessant.«

Danach applaudieren sie und alle Kinder in der Aula.

»Jetzt seid ihr wieder dran«, sagt die Direktorin. »Welchen kleinen Fehler hat Barbro in ihre Geschichte gemogelt?«

Viele Hände schnellen in die Luft. Miranda darf als Erste antworten.

»Ich glaube, der Fehler ist, dass man einem Pferd nicht die Zähne putzen kann.«

Barbro schnauft ungeduldig.

»Und ob man das kann, aber empfehlen tue ich es keinem.«

Als Nächster versucht es ein Junge.

»Man kann sich einen Fußball doch nicht gegen die eigene Nase schießen.«

Barbro sieht dem Jungen tief in die Augen, sodass der am liebsten in einem Loch in der Erde versunken wäre.

»Du weißt noch nicht viel vom Leben! Und ob man das kann!«

Direktorin Gun schaut ihre Schüler auffordernd an.

»Na, wer von euch deckt Barbros kleine Unwahrheit auf?«

Die Schüler schütteln die Köpfe. Keiner von ihnen kommt darauf, was für eine Lüge Barbro eingebaut haben könnte. Da hat Maja plötzlich einen Geistesblitz! Sie holt tief Luft und streckt die Hand hoch.

»Ja, Maja?«, fragt die Schuldirektorin.

Aber ehe Maja antworten kann, hat Barbro sich das Mikrofon geschnappt und sagt:

»Ich habe gesagt, dass …«

Und? Hast du den Fehler in Barbros Rede erraten?

Dreh das Buch auf den Kopf, dann findest du die Antwort!

»Ich habe gesagt, dass der Schwager meines Vaters ein Baby bekommen hat«, sagt Barbro Palm. »Aber der Schwager ist ein Mann, nämlich der Ehemann von der Schwester meines Vaters! Und soweit ich weiß, hat bis heute noch kein Mann ein Kind bekommen.«

Die Schüler lachen schallend und klatschen. Eine ganz schön listige Idee von der Museumsleiterin.

Barbro sieht unerhört zufrieden aus, als sie dem Polizeiinspektor zunickt, dass er jetzt an der Reihe ist.

Die Geschichte des Polizeiinspektors

Polizeiinspektor Randolf Larsson sieht nervös aus. Er zupft an den Ärmeln seiner Uniformjacke, als er sich zum Mikrofon vorbeugt.

»Hallo«, sagt er leise.

Die Kinder in der Aula erwidern seinen Gruß.

Der Polizeiinspektor zieht einen Zettel aus der Tasche und legt ihn vor sich aufs Rednerpult.

»Ich bin es nicht gewohnt, vor so vielen Zuhörern zu sprechen«, beginnt er seine Rede. »Und ich muss zugeben, dass ich ein wenig Lampenfieber habe.«

Der Pastor läuft zu ihm und legt den Kopf auf seine Schulter.

»Machen Sie es wie ich in der Kirche«, sagt

er. »Schließen Sie die Augen und denken Sie daran, dass wahrscheinlich sowieso niemand zuhört.«

Der Polizeiinspektor bedankt sich für den Tipp, räuspert sich und beginnt von seinem Zettel abzulesen.

»Einmal nach Schulschluss konnte ich mein Rad nicht finden. Ich suchte stundenlang danach und war ganz sicher, dass es gestohlen worden war!

Damals habe ich vor dem leeren Fahrradständer und meinen Freunden geschworen, Polizist zu werden,

wenn ich groß bin. Als ich nach Hause kam, stand das Rad dort. Ich hatte vergessen, dass ich einen Platten hatte und an diesem Morgen zu Fuß zur Schule gegangen war. Aber – versprochen ist versprochen. Darum bin ich Polizist geworden.«

Der Polizeiinspektor schaut erneut auf seinen Zettel.

»Um richtig gut in seinem Beruf zu werden, muss man sich Ziele setzen.«

Der Pastor und Barbro nicken zustimmend.

»Ich habe mir zum Ziel gesetzt, sechs Personen im Jahr festzunehmen. In fünfzehn Jahren sind das … mal überlegen.«

Der Polizeiinspektor

zählt an den Fingern ab und rechnet im Kopf nach.

»In fünfzehn Jahren habe ich somit neunzig Verbrecher festgenommen.«

Ein Mädchen mit Zöpfen vor Lasse und Maja meldet sich. Der Polizeiinspektor nickt ihr zu.

»Aber was machen Sie, wenn in einem Jahr kein einziges Verbrechen passiert?«, fragt das Mädchen.

Die Schuldirektorin nickt dem Mädchen aufmunternd zu.

»Gute Frage, Nadia. Wir sind gespannt, was Randolf darauf antwortet.«

Polizeiinspektor Randolf Larsson zwinkert dem Mädchen und Gun zu.

»Gibt es mich?«, fragt er und zeigt mit dem Daumen auf sich.

Nadia und die Schuldirektorin nicken.

»Bin ich Polizist?«

Die Direktorin und das Mädchen nicken wieder.

»Da habt ihr es! Wo Verbrecher sind, gibt es Polizisten. Und wo Polizisten sind, passieren Verbrechen! Also ...«

»Jetzt hat sich der Knoten gelöst!«, flüstert Lasse Maja und Miranda zu.

Und in der Tat, die Nervosität des Polizeiinspektors scheint wie weggeblasen.

»Es gibt so viele Dinge, die gesetzlich verboten sind. Man darf nicht bei Rot über die Ampel fahren, Kindern etwas stehlen, Banken überfallen, nicht fluchen, nicht zu schnell fahren, jemanden entführen. Sechs Verbrecher pro Jahr kriege ich locker zusammen. Keine Gefahr, dass das Gefängnis irgendwann leer steht.«

Polizeiinspektor Randolf Larsson muss bei diesem unvorstellbaren Gedanken lachen.

Der Pastor stimmt in das Lachen ein.

»Das ist wie vor leeren Kirchenbänken predigen! Wie sähe das denn aus? Wozu wäre die Kirche dann da, wenn außer mir, Roland und Jesus niemand mehr kommt?«

Der Polizeiinspektor schaut auf seinen Zettel.

»Das war's.«

Schuldirektorin Gun und die Schüler applaudieren.

»Hat jemand den Fehler entdeckt, den Randolf in seinen Vortrag eingebaut hat?«

Ein paar Schüler melden sich und Gun gibt einem Jungen in der letzten Reihe das Wort.

»Der Polizeiinspektor hat gesagt, 6 mal 15 würde 90 ergeben.«

Schuldirektorin Gun sieht den Jungen streng an.

»Was machst du eigentlich in den Mathestunden?«

Der Junge rechnet noch mal nach und wird rot.

»'tschuldigung, ich habe mich verrechnet.«

Der Polizeiinspektor sieht die Schüler erwartungsvoll an. Gun zeigt auf ein Mädchen in der ersten Reihe.

»Ich glaube nicht, dass es gesetzlich verboten ist, kleinen Kindern etwas wegzunehmen.«

Polizeiinspektor Randolf Larsson sieht das Mädchen ernst an.

»Vor dem Gesetz sind alle Menschen gleich«, sagt er langsam. »Groß und Klein. Polizist und Pastor. Niemand darf einem anderen etwas wegnehmen!«

Die Schuldirektorin schaut durch die Aula. Kein einziger Schüler meldet sich mehr, nicht einmal Lasse oder Maja.

Der Polizeiinspektor lächelt übers ganze Gesicht und beugt sich zum Mikrofon vor.

»Ich habe gesagt, dass ...«

Na, was stimmt in der Geschichte des Polizeiinspektors nicht?

Hast du es erraten?

»Ich habe gesagt, dass Fluchen gesetzlich verboten ist! Aber es steht in keinem Gesetzbuch, dass man nicht fluchen darf.«

Der Pastor sieht den Polizeiinspektor erstaunt an.

»Nicht?«, fragt er.

Randolf Larsson schüttelt den Kopf.

»Heißt das … Heißt das, ich darf ungestraft Pfui Pharao sagen?«

Jetzt nickt der Polizeiinspektor von Valleby.

Der Pastor sieht ihn begeistert an.

»Pfui Kreuzspinne auch?«, fragt er kichernd. »Oder Holzkopf?«

Der Polizeiinspektor nickt wieder, aber bevor dem Pastor noch mehr Schimpfwörter einfallen, die er laut Gesetz sagen darf, fällt Barbro Palm ihm ins Wort.

»Gesetz hin oder her! Es gibt auch noch so etwas wie gute Erziehung!«

Der Pastor sieht die Museumsleiterin fragend an, als Gun wieder das Wort ergreift.

»Ich denke, das ist der passende Zeitpunkt,

Barbro Palm, dem Polizeiinspektor und dem Pastor zu danken, dass sie zu uns gekommen sind, um uns zu erzählen, wie sie die Berufe gefunden haben, die sie heute ausüben.«

Sie klatscht in die Hände und die Schüler stimmen in den Applaus ein, bis ihre Hände glühen.

Der Polizeiinspektor tritt noch einmal ans Mikrofon.

»Da wünsche ich euch allen jetzt einen richtig schönen Sommer!«

Denkst du wie ein echter Detektiv?

Beantworte die folgenden Fragen zu den drei Geschichten.

Der Pastor

1. Welchen Beruf hat der Vater des Pastors ausgeübt?
2. Wie heißt der beste Freund des Pastors?
3. Warum hat sich der Pastor den Bart abrasiert?

Barbro Palm

1. Was für Geschenke hat Barbro von ihren Eltern bekommen?
2. Wie fand Barbro die Geschenke?
3. Was hat Barbro als Kind gerne gemacht?

Der Polizeiinspektor

1. Warum war der Polizeiinspektor am Anfang seiner Rede nervös?
2. Wie viele Verbrecher will der Polizeiinspektor in einem Jahr festnehmen?
3. Wie reagiert der Junge aus dem Publikum, als er merkt, dass er sich verrechnet hat?

Meine Freunde

Fingerabdruck

(Male die Fingerkuppe mit einem Filzstift an und drücke sie ins Kästchen.)

Ich heiße *(rückwärts)* ....

Aber ich werde genannt

(Wenn du magst, schreib die Antwort in der Geheimschrift von S. 78–79 auf.)

....

....

Mein Geburtstag *(Tag)* *(Monat)* *(Jahr)* ....

In diesem Sommer werde ich ....

Mein größtes Vorbild ist ....

Im Moment höre ich hauptsächlich ....

Das möchte ich werden ....

Ich mag ....

Fragen an die nächste Person

STECKBRIEF

Augenfarbe

....

Haarfarbe

....

Schuhgröße

....

Größe

....

Andere besondere Merkmale

....

....

Mein Autogramm

....

Fingerabdruck
(Male die Fingerkuppe mit einem Filzstift an und drücke sie ins Kästchen.)

Ich heiße *(rückwärts)* ....

Aber ich werde genannt
(Wenn du magst, schreib die Antwort in der Geheimschrift von S. 78–79 auf.)

....

....

Mein Geburtstag *(Tag)* ..... *(Monat)* ..... *(Jahr)* .....

In diesem Sommer werde ich ....

Mein größtes Vorbild ist ....

Im Moment höre ich hauptsächlich ....

Das möchte ich werden ....

Ich mag ....

⇦ Antworten auf die Fragen der vorigen Person

Fragen an die nächste Person ⇨

STECKBRIEF

Augenfarbe ....

Haarfarbe ....

Schuhgröße ....

Größe ....

Andere besondere Merkmale ....

....

Mein Autogramm ....

Fingerabdruck

(Male die Fingerkuppe mit einem Filzstift an und drücke sie ins Kästchen.)

Ich heiße *(rückwärts)* ....

Aber ich werde genannt
(Wenn du magst, schreib die Antwort in der Geheimschrift von S. 78–79 auf.)

....

....

Mein Geburtstag *(Tag)* .... *(Monat)* .... *(Jahr)* ....

In diesem Sommer werde ich ....

Mein größtes Vorbild ist ....

Im Moment höre ich hauptsächlich ....

Das möchte ich werden ....

Ich mag ....

⇐ Antworten auf die Fragen der vorigen Person

Fragen an die nächste Person ⇒

STECKBRIEF

Augenfarbe

....

Haarfarbe

....

Schuhgröße

....

Größe

....

Andere besondere Merkmale

....

....

Mein Autogramm

....

Fingerabdruck
(Male die Fingerkuppe mit einem Filzstift an und drücke sie ins Kästchen.)

Ich heiße *(rückwärts)* ....

Aber ich werde genannt
(Wenn du magst, schreib die Antwort in der Geheimschrift von S. 78–79 auf.)

....

....

Mein Geburtstag *(Tag)* .... *(Monat)* .... *(Jahr)* ....

In diesem Sommer werde ich ....

Mein größtes Vorbild ist ....

Im Moment höre ich hauptsächlich ....

Das möchte ich werden ....

Ich mag ....

Antworten auf die Fragen der vorigen Person

Fragen an die nächste Person

STECKBRIEF

ıugenfarbe ....

ıaarfarbe ....

;chuhgröße ....

;röße ....

ndere besondere Merkmale ....

....

ıein Autogramm ....

Fingerabdruck
(Male die Fingerkuppe mit einem Filzstift an und drücke sie ins Kästchen.)

Ich heiße *(rückwärts)*

Aber ich werde genannt
(Wenn du magst, schreib die Antwort in der Geheimschrift von S. 78–79 auf.)

Mein Geburtstag *(Tag)* *(Monat)* *(Jahr)*

In diesem Sommer werde ich

Mein größtes Vorbild ist

Im Moment höre ich hauptsächlich

Das möchte ich werden

Ich mag

Antworten auf die Fragen der vorigen Person

STECKBRIEF

Augenfarbe ....

Haarfarbe ....

Schuhgröße ....

Größe ....

Andere besondere Merkmale ....

....

Mein Autogramm ....

Wie gut kennst du dich in Valleby aus?

Teste dein Wissen über Valleby in unserem kniffeligen Quiz!

1 Wer erschummelt sich in Vallebys Schwimmhalle ein Schwimmabzeichen?

1. Rune Andersson
2. Der Pastor
3. Der Kunstspringer Racke Bolinder

2 Wie heißt die strenge Gefängnisdirektorin des Gefängnisses von Valleby?

1. Agnes Bula
2. Agda Mula
3. Agata Kula

3 Vallebys zerstreuter Pastor macht oft verrückte Sachen. Was von den folgenden Dingen hat er getan?

1. Hunde im Rio-Kino gekidnappt
2. Die Notbremse in einem Zug gezogen
3. Sich in der Kinoschlange im Rio-Kino vorgedrängelt

4 Was macht Mary außer ihrer Arbeit als Schulschwester an der Schule von Valleby?

1. Sie ist Verteidigerin in der Vallebyer Fußballmannschaft
2. Sie hat als Jurymitglied bei einem Tanzwettbewerb in Valleby das Siegerpaar gekürt
3. Sie hat am großen Fahrradrennen in Valleby teilgenommen

5 Am Tag der offenen Tür der Feuerwehr versammeln sich die Feuerwehrleute auf dem Marktplatz von Valleby. Was führt die mutige Rauchtaucherin Yvonne vor?

1. Wie der große Leiterwagen funktioniert
2. Wie man in ein verschlossenes, brennendes Haus gelangt
3. Wie man einen Feuerlöscher bedient

LIEBE FÜR ALLE!

6 Welcher Gedichteliebhaber hat das Liebesfestival in Valleby organisiert?

1. Karin Fahlén, Bibliothekarin
2. Ronny Hazelwood, Hoteldirektor
3. Franco Bollo, Multitalent

7 Der Zirkusdirektor vom Zirkus Splendido bleibt in Valleby, als der Zirkus weiterzieht. Was nimmt er für eine Arbeit an?

1. Trainer der Vallebyer Fußballmannschaft
2. Süßigkeitenverkäufer im Rio-Kino
3. Hausmeister der Schule von Valleby

8 Die Tochter des Zirkusdirektors, das Ballonmädchen, bleibt mit ihm in Valleby und freundet sich mit Lasse und Maja an. Wie heißt sie?

1. Miriam
2. Miranda
3. Beatrice

9 Schuldirektor Ahlberg verstößt an seinem Arbeitsplatz gegen das Gesetz und kommt dafür ins Gefängnis. Wer übernimmt seine Stelle?

1. Klassenlehrerin Gun
2. Hausmeister Risto
3. Schulschwester Mary

10 Der Pastor führt im Gefängnis das Theaterstück »Hamlet« auf. Die drei Rollen werden gespielt von:

1. Mitarbeitern des Gefängnisses
2. Insassen
3. Gastschauspielern

11 Franco Bollo taucht in verschiedenen Geschichten aus Valleby auf. Was ist er von Beruf?

1. Rezeptionist
2. Briefträger
3. Museumsleiter

12 Karl-Filip ist Vallebys besterzogenster und musikalischster Hund. Wie heißt sein liebevolles Frauchen?

1. Fransy Vik
2. Ivy Roos
3. Barbro Palm

13 Welchen Beruf hat der Hundeentführer aus dem Rio-Kino?

1. Filmvorführer
2. Kartenverkäufer
3. Süßigkeitenverkäufer

14 Rune Andersson, Rezeptionist im Stadthotel, mag kein Halligalli, aber einmal hat er an einem Tanzwettbewerb teilgenommen! Wer war seine Tanzpartnerin?

1. Pernilla Gren, Kassiererin im Museum von Valleby
2. Karin Fahlén, Bibliothekarin
3. Ivy Roos, Rentnerin

15 Der Polizeiinspektor arbeitet nicht oft als »verdeckter Ermittler«. Aber einmal hat er auf diese Weise richtig clever einen Verbrecher überlistet. Was hat er gemacht?

1. Er hat die ganze Nacht im Museum von Valleby Wache geschoben.
2. Er hat so getan, als hätte er sich das Bein gebrochen, um einen Gips zu bekommen.
3. Er ist mit dem großen Leiterwagen der Feuerwehr zum Einsatz gefahren.

16 Meistens ist der Polizeiinspektor bei der Arbeit die Ruhe selbst. Aber wenn er doch mal die Geduld verliert, hat er einen ganz speziellen »Kraftausdruck«! Wie lautet der?

1. Verflixt und Doppelnaht
2. Nägel und Zangen
3. Steine und Granaten

17 Nicht weit von Valleby liegt ein Campingplatz. Wie heißt er?

1. Gardéns Campingplatz
2. Gunnarssons Campingplatz
3. Granats Campingplatz

18 Einmal haben Lasse und Maja mit Miranda und ihrem Affen Sylvester dort gezeltet und sind vom Besitzer zum Krebsfest eingeladen worden. Was haben sie zu den Krebsen gegessen?

1. Bananen
2. Pfifferlinge
3. Pfannkuchentorte

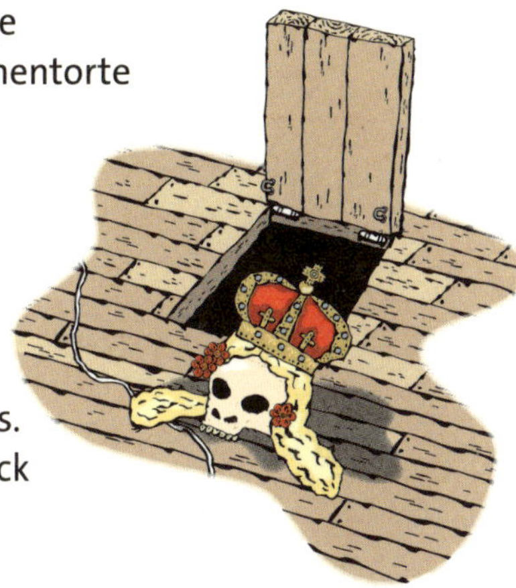

19 Der Schuldige aus dem Diamantengeheimnis sitzt seit seiner Tat im Vallebyer Gefängnis. Dort spielt er in dem Theaterstück des Pastors mit. Wie heißt er?

1. Rektor Ahlberg
2. Doktor Moberg
3. Lollo Schmitt

20 Der Pastor preist gern all die schönen Dinge um uns herum. Worüber redet er am liebsten?

1. Die Blumen und Vögel auf der Wiese
2. Den Wind und die Wellen auf dem Meer
3. Den roten Klee und die Kühe auf der Weide

Psssst! Die richtigen Antworten findest du auf Seite 94!

Zeichne Maja!

Das geht ganz einfach mit einem Kästchenraster über dem Bild, das du nachzeichnen willst, und einem Raster auf einem leeren Blatt Papier, in das du Kästchen für Kästchen das Bild kopierst. Male es mit Farben deiner Wahl aus.

VORSCHLAG!

Das kannst du mit jedem Bild deiner Wahl machen. Zeichne ein Kästchenraster darüber und kopiere das Bild in das Kästchenraster auf einem leeren Blatt Papier.

Gedächtnisspiel

Ein Detektiv braucht ein gutes Gedächtnis.
Hier kommt ein Spiel, mit dem du dein Gedächtnis trainieren kannst!
Barbro Palm hat 17 Gegenstände aus ihrem Museum auf dem Tisch verteilt. Versuche, dir so viele wie möglich zu merken.
Du hast dreißig Sekunden, dir die Sachen anzuschauen! Blättere dann auf die nächste Doppelseite um.

Das hier sind die kostbarsten Gegenstände aus meinem Museum, unschätzbar wertvoll natürlich!

Oje, was ist passiert?
Vier Gegenstände sind verschwunden!
Ein Dieb hat zugeschlagen.
Welche Gegenstände fehlen?

Vorschlag!

Teste eine Freundin oder einen Freund! Lege 17 Gegenstände aus und lass ihr oder ihm 30 Sekunden Zeit, sie anzuschauen. Fordere danach die Testperson auf, die Augen zu schließen und nimm einen oder mehrere Gegenstände vom Tisch. Rät deine Freundin oder dein Freund richtig, welche Dinge du weggenommen hast?

Wer ist der Dieb?

Wir müssen den Dieb finden, der die Ausstellungsstücke aus Barbros Museum gestohlen hat! Die Zeugen, die ihn gesehen haben, haben folgende Beschreibungen abgegeben:
Kreise den Dieb ein!

Vorschlag! Wähle eine andere Person als Dieb aus und schreibe einen eigenen Steckbrief. Fordere eine Freundin oder einen Freund auf, den Dieb zu finden!

- Der Dieb trägt keine Brille.
- Der Dieb hat keine Ohrringe.
- Der Dieb trägt etwas Gelbes.
- Der Dieb hat eine Kopfbedeckung.
- Der Dieb hat Knöpfe an seinen Kleidern.

Detektiv-Sudoku

Trainiere dein Gehirn mit einem kniffligen Sudoku. Jeder Gegenstand darf in jeder senkrechten und waagerechten Reihe nur einmal auftauchen und in jedem der vier farbigen Quadrate ebenso. Male die fehlenden Gegenstände in die freien Kästchen.

Jeder Gegenstand darf in jeder senkrechten Reihe nur einmal vorkommen …

… und genauso nur einmal in jeder waagerechten Reihe!

	1	5		2	7	3		8
2	8	6			4		1	7
4	7	3	8	5	1		6	
1			4	8	9			6
6	3	7	2	1		9	8	4
8			3	7	6			2
	2		5	6	3	4	9	1
5	4				8		2	3
		9	1			8	7	

Jetzt wird es richtig knifflig!
Jede Zahl darf in jeder senkrechten und waagerechten Reihe nur einmal auftauchen, genauso in jedem der neun verschiedenfarbigen Kästen.

Pssst! Die Lösung findest du auf Seite 94!

Detektivpost

Für Detektive ist es wichtig, geheime Nachrichten zu versenden. Kannst du diesen Brief von Lasse und Maja »übersetzen«?

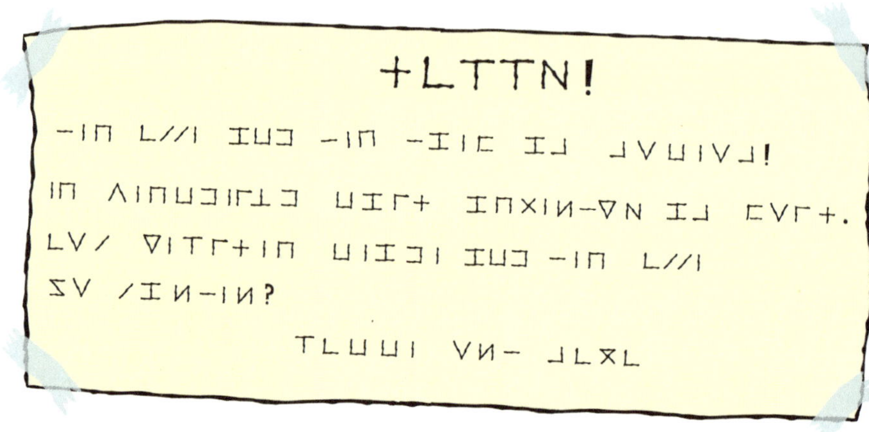

Hier kannst du den Brief in eine lesbare Form umschreiben:

A B C D E F G H I J K L M N O P Q R S

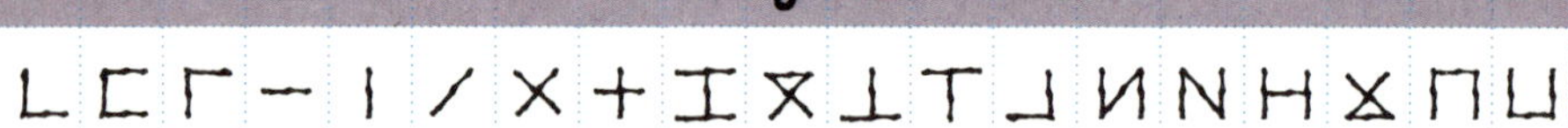

Möchtest du Lasse und Maja antworten?
Schreibe deine Nachricht in gewöhnlicher Schrift:

Und jetzt schreib die gleiche Nachricht noch einmal in Geheimschrift:

Jetzt hast du deine eigene geheime Detektivnachricht verfasst!

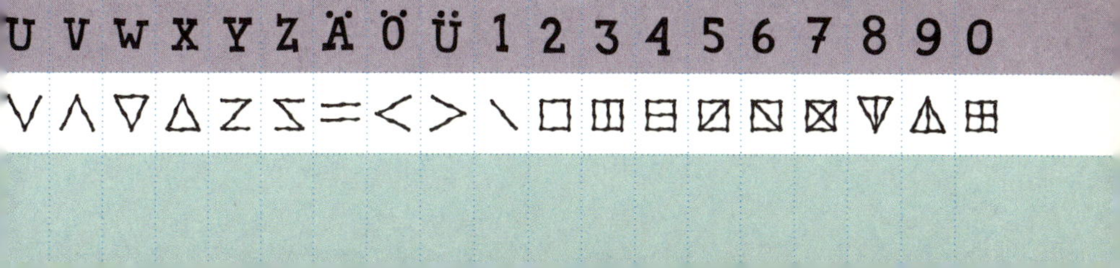

was gehört zu wem? Schatzsuche in Valleby

In Valleby wohnen viele interessante Gestalten – weißt du, wem was gehört? Bringe die Figuren mit den passenden Gegenständen zusammen, indem du die Felder mit Linien verbindest.

SCHWEDEN
1623

Valleby-Spiel

Wer findet als Erster den Dieb? Fordere einen Freund oder eine Freundin zu LasseMajas Detektiv-Spiel heraus. Ihr braucht einen Würfel und Münzen oder Knöpfe als Spielsteine.

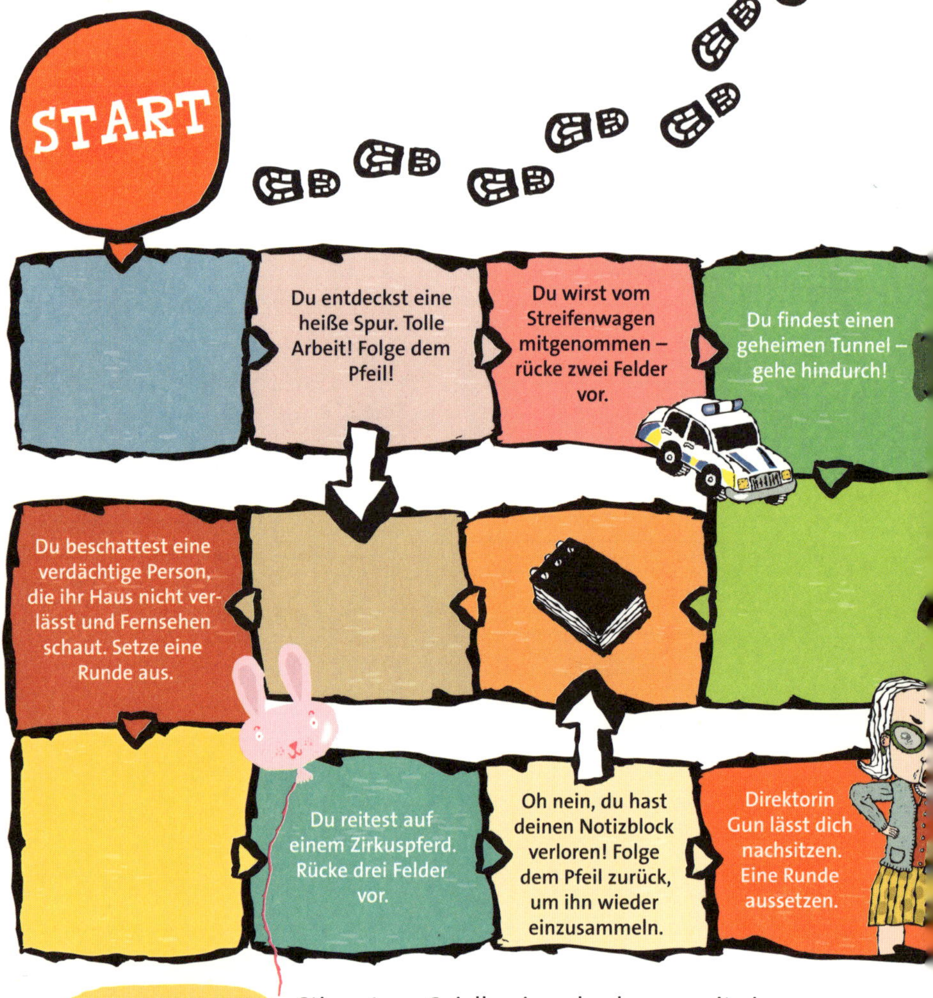

VORSCHLAG! Stimmt vor Spielbeginn ab, ob man mit einer geraden Zahl ins Ziel gehen muss oder nicht.

Rätselhafte Fußspuren – du hast die Fährte des Diebes aufgenommen! Folge ihm zwei Felder.
Du folgst den Fußspuren, aber sie führen dich auf eine falsche Fährte, die dich zurück an den Start bringt.
Du hast eine neue Lupe bekommen! Rücke ein Feld vor.
Oh nein, der Dieb hat deine Tarnung entlarvt! Folge dem Pfeil zurück und wechsele den falschen Bart!
Hoppla, ein rätselhafter rosa Pfeil! Schau, wohin er dich führt!
»Stehen bleiben!«, rufst du und verfolgst den Dieb drei Felder nach vorn.
Der Pastor hält eine Predigt.
Setze eine Runde aus und höre ihm zu.
ZIEL
Du fängst den Dieb vor allen anderen und bekommst eine Medaille!
Oh nein, du rutschst auf der hinterhältig ausgelegten Bananenschale des Diebes aus. Folge dem Pfeil zurück.
Das Feuerwehrauto nimmt dich mit. Aber, oje, ausgerechnet jetzt hat es einen Einsatz. Folge dem Pfeil.
Du gehst Gassi mit dem Spürhund. Er geht drei Felder zurück und pinkelt an einen Laternenpfahl.

Backen mit Dino und Sara

Regnet es? Dann bleib zu Hause und backe was Leckeres für den Nachmittag! Dino Panini und Sara Bernard haben ihr Lieblingsrezept aus dem Café Panini & Bernard für graue Tage verraten.

So wird's gemacht:

- Die Butter aus dem Kühlschrank nehmen und auf Raumtemperatur aufwärmen.
- Den Ofen auf 175 Grad vorheizen.
- 25 Muffinförmchen auf ein Blech stellen.
- Mehl und Backpulver in einer Schüssel mischen.
- Butter, Zucker und Vanillezucker in einer anderen Schüssel schaumig rühren und unter die Mehlmischung heben.
- 25 Portionen aus der Teigmischung in die 25 Muffinförmchen füllen.
- Mit dem Finger eine Vertiefung in jede Portion drücken und mit Himbeermarmelade füllen.
- Bitte einen Erwachsenen, das Backblech auf mittlerer Schiene in den Ofen zu schieben.
- Etwa 14 Minuten backen oder bis die Himbeernester Farbe angenommen haben.
- Den Teig abkühlen lassen (die Marmelade wird extrem heiß!) und mit Saft servieren.

Bon appétit!

Sara Bernard

TIPP!

Hast du eine andere Lieblingsmarmelade? Kein Problem. Oder isst du am liebsten Schokolade?

ON
OFF

Malen nach Zahlen

Mach es dir gemütlich und entspann dich im Café Panini & Bernard.
Male das Café nach Zahlen aus. Bei den Feldern, in denen keine Zahlen stehen, kannst du frei wählen.

1 2 3 4 5 6

Male das Tortenstück aus!

Mit Farben deiner Wahl.

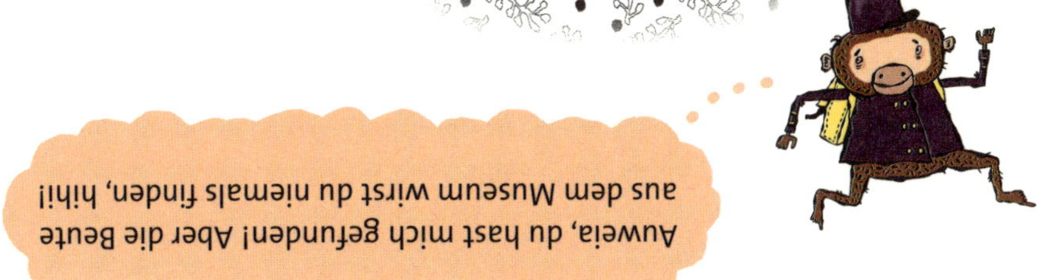

Finde das Diebesgut!

Der Dieb hat seine Beute aus dem Museum an einem sicheren Platz in der Stadt versteckt, um sie später in aller Ruhe abholen zu können. Aber wir haben den Spickzettel des Diebes gefunden! Folge dem Zettel zum Versteck des Diebesgutes.

Zur Erinnerung:

Hier befindet sich das Diebesgut aus dem Museum!

Starte bei dem roten Punkt nördlich vom Baum.
Von dort gehst du:

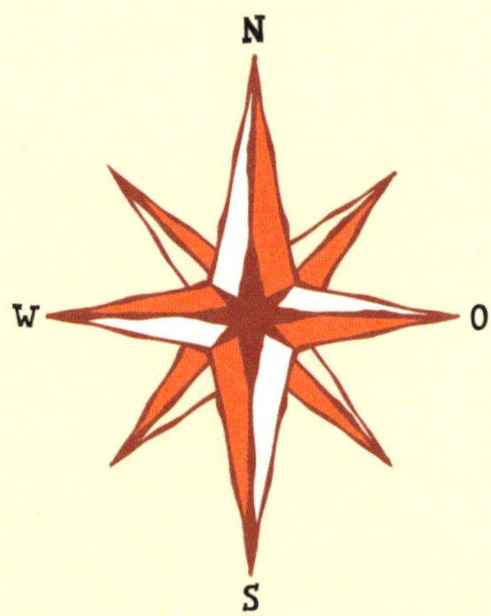

10 Schritte nach Norden
4 Schritte nach Westen
3 Schritte nach Norden
4 Schritte nach Westen
14 Schritte nach Süden
4 Schritte nach Osten
4 Schritte nach Norden
2 Schritte nach Westen
4 Schritte nach Norden
3 Schritte nach Westen
Hier sind die Sachen versteckt!

Dran denken, Milch zu klauen!

Das Versteck ist:

....

KIOSK
Geschlossen
55

TESTE DICH SELBST:

Wer wärst du in Valleby?

Was ist dein Lieblingshobby?

A Rätsel lösen, natürlich!
B Ich male und zeichne am liebsten.
C Ich bin am liebsten in der Natur unterwegs.

Was ist deine Lieblingsfarbe?

A Blau finde ich klasse!
B Ich mag alle Farben, am besten zusammen!
C Lila ist ein edle und schöne Farbe, finde ich.

Welche Ideen hast du für ein Fest?

A Ich sorge dafür, dass nicht zu wild getanzt wird.
B Ich bestimme, was alle Gäste machen sollen.
C Ich erzähle lange, lustige Geschichten.

Was liest du gerne?

A Am liebsten lese ich Sachbücher.
B Ich finde Bücher mit schönen Bildern und Fotos toll.
C Ich lese am liebsten Gedichte.

Was ist deine Lieblingsbeschäftigung in den Sommerferien?

A Angeln und Eis essen.
B Ich verreise gerne, am liebsten nach Ägypten.
C Ich finde es am tollsten, nichts zu tun zu haben!

ERGEBNIS

Zähle nach, welchen Buchstaben du am häufigsten angekreuzt hast – A, B oder C. Unten kannst du lesen, welchem Bewohner aus Valleby du am meisten ähnelst.

Am häufigsten A:

Du bist der Polizeiinspektor!

Du magst Ordnung und sorgst dafür, dass deine Freunde nett zueinander sind.
Sommerferientipp: Geh es ruhig an und trainier dein Gehirn mit den Sudokus auf Seite 76–77.

Am häufigsten B:

Du bist Barbro Palm!

Du bestimmst gerne und wenn du eine Idee hast, bist du nicht zu bremsen.
Sommerferientipp: Sei nett zu deinen Freunden! Probier das Backrezept auf Seite 84–85 aus und lade sie zu Saft und Kuchen ein.

Am häufigsten C:

Du bist der Pastor!

Du liebst schöne Dinge wie Gedichte und die Blumen auf der Wiese.
Sommerferientipp: Schreibe einen Geheimbrief an deine Freunde, mithilfe von Lasse und Majas Geheimschrift auf S. 78–79 oder deinem ganz eigenen Code.

Meine Sommerferien

Ich heiße: Lasse

Mein Sommer war: ☒ spannend ☐ warm

☐ langweilig ☐ verregnet ☐ eine Katastrophe

☐ der beste Sommer meines Lebens ☒ sonnig

Mein Reiseziel: der Strand

Ich habe getroffen: Maja, Tante Ruth und ein Pferd

Ich habe gegessen: Eis und Hering in Senfsoße

Der beste Tag: Der 11. Juli – da haben wir den Dieb geschnappt, der etwas aus dem Museum gestohlen hat.

Eine Postkarte von meinem Sommer:

Ich heiße:

Mein Sommer war: ☐ spannend ☐ warm

☐ langweilig ☐ verregnet ☐ eine Katastrophe

☐ der beste Sommer meines Lebens ☐

Mein Reiseziel:

Ich habe getroffen:

Ich habe gegessen:

Der beste Tag:

Eine Postkarte von meinem Sommer:

Schönen Sommer!

Lösungen

WAS IST DAS?
Seite 12–13

Wo gibt es Tage, aber keine Nächte?	*Im Kalender*
Wer kriegt beim Baden niemals nasse Haare?	*Ein Glatzkopf*
Welcher Mann ist im Sommer nie zu sehen?	*Der Schneemann*
Wer ist im Sommer angezogen und im Winter nackt?	*Laubbäume*
Worauf scheint die Sonne niemals?	*Auf den Schatten*

DENKST DU WIE EIN ECHTER DETEKTIV?
Seite 50–51

Der Pastor

1: *Zimmermann*
2: *Roland Svensson*
3: *Er hat gejuckt*

Barbro Palm

1: *Ein Pferd, ein Fahrrad und einen Fußball*
2: *Sie hat ihre Geschenke gehasst*
3: *Sie hat gerne gezeichnet*

Der Polizeiinspektor

1: *Er ist es nicht gewohnt, vor so vielen Menschen zu reden*
2: *Sechs*
3: *Er wird rot und entschuldigt sich*

WIE GUT KENNST DU DICH IN VALLEBY AUS?
Seite 62–67

1 – *1*	6 – *2*	11 – *2*	16 – *1*
2 – *3*	7 – *3*	12 – *2*	17 – *2*
3 – *2*	8 – *2*	13 – *3*	18 – *2*
4 – *2*	9 – *1*	14 – *3*	19 – *3*
5 – *2*	10 – *2*	15 – *2*	20 – *1*

GEDÄCHTNISSPIEL
Seite 70–73

Die gestohlenen Gegenstände:
der Ring, die Vase, die Katzenmumie und *die Halskette.*

WER IST DER DIEB?
Seite 74–75

Der Affe ist der Dieb.